Walle Sayer

Kerngehäuse

Eine Innenansicht des Wesentlichen

Aufzeichnungen, Prosagedichte

Klöpfer & Meyer

I

Vedute

Am Wegrand, Anhaltspunkt zwischen Sommerresidenz und Winterquartier, in seiner Kargheit dieser krumme Zwetschgenbaum, blattloser Solitär, daran du vorbeigehst, als gingest du, gingest auf der Hochebene deines Empfindens, damit er im Zurückschauen dann für sich dasteht, im Landschaftsausschnitt, bloßen Augs noch gut erkennbar, mit seinen dürren Strichen, unterm graugepflügten Himmel, Alleinsein präzisierend, ein kahles Signum im durchsichtigen Wind.

Einkehr

Die Fensternische, eine Einfassung für den Tagesschimmer. Es riecht nach verdunstetem Weihwasser, nach einem verblühten Feldblumenstrauß. Mauerrisse versuchen das Gelübde zu erinnern, dem die Kapelle ihren Bau verdankt. Es gibt nur eine Bank zum Knien. Die Opferkerze ist heruntergebrannt. Vorn der gefesselte Märtyrer, den ich anrufe als den Lieblingsheiligen einer vertlaufenen Frau, die da wußte, wem die Himmel tauen. Ausgemessen mit den Winkeln, aus denen die Pfeile ihn trafen: dieser Innenraum.

Dormitorium

(Kloster Bebenhausen)

Mit einem Kältehauch zugedeckt, liegt auf der Strohmatratze von Zeittafeln Abgewandtes, nachlauschend dem, was sich unhörbar kaum vernehmen läßt: bröckelnde Hustengeräusche aus den Schlafzellen nebenan, das aufgeschreckte Nagewesen im Inneren der Jahre, die winzigen Stimmunebenheiten im Gebetsmonotonen, Klopfzeichen, traumentfernte, aus der eigenen Schädeltiefe, und die zu weite Mönchskutte, ihr Nachschleifen auf dem Steinboden des Ganges.

Kinderzeichnung

Das Haus mit der Reling des Balkongeländers. Kopffüßler, die verstehen wollen, was den Blumen anvertraut ist. Unanklickbar scheint die Sonne. Ein Aufbruch, ohne sich vom Fleck zu rühren, den größten Angsthas zum Begleitschutz. Schwärzer noch als Maschinenblut wär allein die Finsternis. Schau hinauf, damit ich mich entlangtasten kann an deinem Blick. Ein Katzenhuschen verwischt die erste Schwachstelle des Beginnenden.

Bergmotiv

Unter dem eigenmächtigen Schweigen der Berge erscheinen die Seitentäler als Trittspuren. Weitum das Luftmeer, läßt jeden Satz klingen wie flaschenpostalisch. Als schriebe jemand an jemand: ich vermiß mich so.

Ansprache

Um ein paar Tage über die Zeit, um einen Methusalemseufzer zu früh. In einer Kammer geboren, die zu einer Straße hin lag, zu eng damals und zu verwinkelt für jeden Sattelzug, Milchwagen, Langholztransport. Und nun also, verlebt aussehend oder zusammengeschafft, lieber sich verneigend als einen Bückling machend, werden mit uns die Dinge ausrangiert. Und Ausrangiertes irgendwann erhoben dann zum Exponat. Merkst du endlich, flüstert Freund Tinnitus mir dazu ins Ohr, wie es rumort im Inneren der Stille. Einstmals, da Folgen und Gehorchen noch dasselbe war, bin ich davongefußelt als Kind durch eine in ihrem Offenstehen erschrockene Haustür. Wie um immer genau dort anzugelangen, wo ich mich gerade befand. In meinem falschgeschriebenen Neckar schwamm kein Delphin. Wirklich Tröstendes braucht es ja nicht. Allenfalls was tröstend Wirkliches.

Aufwartung

für Alfred Appenzeller, 1934–2007

Schleifstaub auf den Lupengläsern deiner Brille, über deren Rand hinaus du aufschaust. Das ungewisse Etwas. Leutscheue Nahbarkeit. Und das Komplizierte, wäre das bloß nicht so eigentlich einfachlos. Um Haltung geht es, sagst du, nicht um Pose. In der Werkstattordnung verstellen die Raummodelle den Raum. Wie der Schatten deiner Stele sich verneigt. Aus den Exerzitien des Steins entstehen Altäre. Auftragsarbeit, von dir an dich selbst, eine Harfe für den Wind. Ich würde das nur ungern gerne tun, auch das könntest du entgegnet haben. Du, der du lieber wochenlang dem unbehauenen Block zuhörst, der sich noch immer verhaspelt: in seinem kantigen Schweigen.

Gedenkblatt

für Theo Nutz, 1949–2006

Sechsundfünfzig, abgemahnt, und seit jeher die Ministrantenmiene unterm grauen Bartgestrüpp. Deinen Raucherhusten, ich hör ihn wie zwischen schrägen Jazztönen hindurch. Sehe dich, Jahre vor der Entgiftung, durchs heruntergekurbelte Fenster als Ölscheich in ein hingehaltenes Röhrchen blasen. Leidenskompetenz, herzenskonträr, jeder Mensch ein Würdenträger: erklangen hernach die späten Thekeneinwürfe von dir, dem Laienpater, für den jedwede Sonnenblume ihr Gelb verkündete. Und so sei denn ein jeder Freundeskreis gezogen um die eigene Mitte, um den Wesenskern der Einsamkeit. Aber wer hat jetzt überhaupt die Museumsaufsicht über deine Junggesellenwohnung. Und an wen nun soll man sie letztlich zurückzahlen, deine ganzen Privatdarlehen. Und woher, aus welchen Himmeln, welchem Gleichnis, ist dieser verwegene Spatz entflogen, der Sperling, der sich auf der Friedhofsmauer niederließ.

Wetterkassiber

Der Dezember macht einen Aprilscherz. Ein paar Schneekanonen sind zurückgelassen auf den Sommer gerichtet. Herbstkupfer, als läge in jedem Gartenhäuschen eine rostige Parzenschere herum. Und Heldentenöre, die vor ihrem Auftritt mit Frostschutzmittel gurgeln. Theatralisch jagt ein Sturmwind seinen Böen hinterher. Eine Flußratte stiert auf den Pegelstand des Fensterbretts.

Reisefiebrig

Hausboot oder Berghütte. Allabendlich den Reisewecker stellen, um zumindest im Tiefschlaf fortan woanders zu sein. Herumgondeln, dem Richtungspfeil eines umgesägten Maibaumes nach. Mit einem defekten Navigator, dem man den Zielort Damals eingeben kann. Damals, als die Ferien so groß erschienen, nur weil in einem verlassenen Schulhaus über Wochen die Leere eingeschlossen war. Wie weit bin ich gekommen seitdem. Wo doch schon nach drei Schritten zum Fahrplan hin der alleingelassene Koffer sich ängstlich umschaute nach mir. Gunsterweise einer Landschaft, die als Urlaubsgrüße an Bürowänden verbleichen. Orte, markiert mit Stecknadeln, die keinen Heuhaufen fanden. Gästebucheinträge: wenigstens mein Hiergewesensein bleibt da.

Kartenschrieb

Küstennebel, Dahmeshöved. Die Häuser ducken sich unter den Windstärken hinweg. Ich weiß nunmehr, daß durch ein kleinerwerdendes Boot das Meer noch größer wird. Daß von vier Schnapsgläsern eines mit Wasser gefüllt ist. Daß auch ein Himmel seine Untiefen hat. Und ein jeglicher Leuchtturm seine eigene Lichtkennung.

Nebenstrecke

Vorhin hat er seinen Mantel mitgenommen auf die Toilette. Und sich dabei im Gang bei einem der Schulkinder abermals vergewissert, im richtigen Zug zu sein. Wohin wohl ist so jemand unterwegs, der alle Anschlüsse verpassen wird, den selbst der Schaffner vorwarnen möchte vor den Tunnelschwärzen. Und der einen eben darauf hingewiesen hat, daß solche vor einen Hang hingebauten Häuser im Schattenloch verkümmern. Was hat, in seinem Alter, diese Reise so unaufschiebbar gemacht. Bei jedem Halt verrenkt er sich, um das Stationsschild zu lesen. Bei jedem Gleisrüttler schreckt er auf. Und späht nachher durch die Regenschlieren des Abteilfensters, entlang den überschwemmten Flußwiesen, vor dem nebligen Kontrastmittel des Morgens: mitten hinaus in sein versunkenes Gesicht.

Siebenschläfer

Der nagende Nachtgeist in der Zwischendecke über dem Schlafzimmer. Ergeben hat er sich nun und kauert, in Gestalt eines Eichhörnchens mit Mausohren, auf dem Rücksitz des Autos in seiner Lebendfalle, einem vom Nachbarn ausgeliehenen, selbstgefertigten Unikum, dessen Draht nicht zu durchbeißen war. In den Kurven rollt der Lockapfel an seiner Starrheit, seinen gelähmten Knopfäuglein vorbei. Wie groß muß der Umkreis sein, wie weit muß man hinausfahren, bis er nicht mehr zurückfindet zum Haus. Sein geschwindes Zögern dann, als die Klappe hochgezogen wird, da wo die ersten Feldscheunen stehen. Los rast er, ohne seinen buschigen Schwanz zu vergessen. Selbst die Landschaft sieht ihm nach, runzelt ihre Ackerstirn.

Im Zeichenblock

Der Kniestrümpfe hochgezogene Rauten. Vier Striche nur und du bist eingezwängt. Zuordnungen, die du zu kennen glaubst vom Hemdmuster eines Familienfeldwebels her, der vornedraus stapfend den Wald im Wald abschreitet, daß nadelgrün die Bäume strammstehn, sein Rücken sich zu einer Buckelfläche auflöst, unterhalb der Nackenlinie die Ränder des Schweißflecks zerfließen. Über den Ausfallschritten: das Lichtgewebe zwischen den Kronen, unverheiratetes Blau, ein zaghaftes Wehen.

Blickweite

Sind das zwei Joggende dort. Oder einfach einer, wie er einem anderen nachrennt, der vor sich selber wegzulaufen scheint. Die Ferne jedenfalls, in der sie verschwinden, orientiert sich am Grabhügelhaften einer buckligen Anhöhe. Auf ihr verweilen in ihrer Unschlüssigkeit ein paar Tannen. Die höchste unter ihnen: als träume sie davon, Schiffsmast zu sein. Fortwärts, auch das also wäre eine Himmelsrichtung.

II

Nichts, nur

Nichts, nur der Vollmond, der sich spiegelt im ruhigen
Wasser, ein an den See entrichteter Obolus der Nacht.
Nichts, nur ein paar Raben, Funktionäre der Farbe
Schwarz, hocken im Geäst, zerkrächzen die Sicht.
Nichts, nur die Runde am Nebentisch, Schaumkronen
setzen sie sich auf, erlassen ihre Edikte, danken ab.
Nichts, nur: diese Tonfolge, dieser Auftakt.

Die vergessene Fürbitte

Der Wind, nach dem wir haschen, hat über Nacht ein Grablicht ausgeblasen. Mürrischen Nebel atmet der alte Pfarrer aus beim Sprechen. Die Frühmesse einer Novembermitte. Der gähnende Ministrant mit einer warmen Milch im Magen, hingeworfen liegt sein Schulranzen in einer Ecke der ausgekühlten Sakristei. Vor ihm zwei Bankreihen in sich versunkener Frauengestalten, die erst deutlicher werden beim Vorkommen, die Gebrechlichen untergehakt. Wie bettelhaftig grau selbst der schönste Wintermantel wirkt in diesem matten Morgenlicht, das kaum durch die Kirchenfenster dringt, nicht taghell werden will. Wie mauernkalt die Stunde sich zusammenzieht auf das Punktum eines Seufzers, sich ausrichtet auf eine wetterfühlige Kniescheibe hin.

Im Ahnensaal

Gichtfingerige Widerhaken. Ein zum Kropf gewordener jugendlicher Treueschwur. Der Hall einer ausgeräumten Waffenkammer in einem leeren Blick. Lächeln, das den Schmerz veredelt. Siebzehnhundertirgendwann flankieren ein Intrigant mit Jagdhorn und ein Scharlatan im Kettenhemd eine stumme Eminenz. Brokatvorhänge dämpfen die Tagesgeräusche vom Arkadengang her. Vom Wahlspruch am Wappenröckchen des Jerusalempilgers entfernt, leuchten rote Pluderhosen gegen eine aufgebahrte Kämmereruniform. Hinweg über die Lakaien, als die wir plötzlich auftreten, ein Luftzug nur an unserer Schläfe, mustert von seinem Knabenalter aus ein Burgherr verquer seinen späteren Urenkel und dessen wächserne Greisenzüge. Ein Wespensummen sucht dazwischen um unsere Köpfe herum das Zeitöhr, durch das es hier hereingelang.

Erzählkreis

Eine Kätzin würde nicht so lang mir ihr rummachen, brummelt eine Stimme von der Spüle her. Weißlichgrau schimmert das pochende Bauchfell der Maus, die Pupillen der Katzenaugen weiten sich wieder. Mit einem Satz, ein ungleiches Fangerlesspiel, holt die Katze den trippelnden Vorsprung der Maus wieder ein, hält sie mit eingezogenen Krallen fest, läßt sie erneut los und wartet auf den nächsten Fluchtversuch. Das Kind, das wir waren, viel zu lange über seinen Hausaufgaben, beobachtet alles, hört das kurzatmige Fiepen, und schiebt von allen unbemerkt sein Rechenbuch langsam auf die Tischkante zu. Wie das Buch knallend auf den Boden fällt, daß das Stundengerüst des Tages wackelt, zuckt die Katze zusammen. Dieses Zucken reicht der Maus zum Entkommen in das Bodenloch unterm rettenden Küchenschrank. Der Küchenschrank, der Jahrzehnte darauf, als Überbleibsel dann, abgelaugt und restauriert, sperrig da im Eck steht und dich mit seinem Dastehen zum Kustos deiner Herkunft macht.

Schulbus

Wenn es vom dämpfigen Überfülltsein nicht gleich die Scheiben beschlug, konnten die Stummen hinausblicken auf Rapsfelder und Morgenrot. Lernstoff wurde hinter einem wiederholt, Vokabeln, daß Katzen Schleichjäger, Hunde Hetzjäger sind. Daneben andere, den Ranzen als Unterlage, nichtgemachte Hausaufgaben abschrieben, der kurvige Straßenverlauf, Bodenwellen und Schlaglöcher die Zeilen dabei ausformten zur ganz eigenen Schrift. Auf der Rückseite des Sitzes vor dir aber, eine Zeichenlandschaft, waren Hochseilstriche, Baumlettern, Namensherzen eingeritzt, steckte der Zeit ein Zahlenstrahl als Pfeil in der Brust, hatte irgendwer eine Zigarette ausgedrückt und ein Oberstufler es mit einem Gesicht eingekreist, daß das Brandloch erschien wie der offne Mund bei Munchs Schrei.

Ins Schönschreibheft

Die Gemütsruhe eines verstaubten Blechpokales. Der Farbreim gelben Blütenstaubs auf dunklen Autodächern. Reglos am Feldrand, gegen die Fahrtrichtung hin gesehen, die mausende Statue. Am Schulweg die drei altersgrauen, dem Schlachter abgekauften Pferde, beisammenstehend auf der morgendlichen Koppel. Aus Nußbaum gerahmt, die Verschwiegenheit des Wandspiegels in einer Künstlergarderobe. Abgeschaffte Kellnerinnen, die spätnachts ein kaltes Fußbad nehmen. Das windschiefe Haus im Ortskern, das einen Bethlehemstall hatte. Von einem kasperigen Wind verstrubbelte Haare.

Kaffeekränzchen

Das Wespennest im Rolladenkasten. Die Biographien der Dinge. Der Körper als Schmerzgehäuse. Sturmglocken, die vergangenen Samstag zu einer Hochzeit läuteten. Das mildere Dennoch. Das härtere Trotzdem. Eine führt aus ihrem Kräutergarten an, daß der Baldrian eine soziale Pflanze sei, die sich mit allen vertrage. Was ist das für ein jahrelanger Ozean gewesen, auf dem sie mit ihrem Bügelbrett trieben. Das Unauffindbare, es versteckt sich in einer Lostrommel, auf dem Grund eines Wühltisches, im hintersten Regal dieses Fundbüros.

Kleine Litanei

Tage, an denen man mit einer Wünschelrute gezüchtigt wird. An denen die Friseure mit der Heckenschere arbeiten. An denen auf Autodächer und Gewächshäuser nieder der Hagel sein Tremolo spielt, die Himmelsleiter im Kohlenkeller liegt. Tage, an denen man ins Kreuzverhör genommen wird von jemandem, der nichts sagt, und von jemandem, der schweigt. Tage, an denen in leeren Wartesälen die Stunden verklumpen, die Sterne nur Reklame für den Himmel machen. Und Tage, an denen Tuschelnde auf dem Vorplatz einen Kreis bilden, der in seiner Rundheit einer Schlange gleicht: ins eigene Schwanzende verbissen. Tage, an denen die Leitungsnetze überlastet sind durch Kontrollanrufe. Tage, an denen selbst Geizige noch knausrig werden.

Sommerschnitt

Ein Mittelscheitel bis zur Nasenwurzel, Segelohren freigelegt, Wirbel ausgeschnitten. Irgendein Festtag, weswegen man zuvor beim Friseur gewesen war. Dessen schwarze Kämme, wie sie ihm aus der Kitteltasche lugten, wie sie herausspähten. Der er, Jugendflausen, Altersmucken, schüttere Haarkränze umrundend, drei Gesprächsfäden gleichzeitig zu verbinden vermochte miteinander, indes unter den Trockenhauben die Frauen auszuhalten hatten bis zur Sturmfestigkeit. Damals, kurz vor einer Gymnasialempfehlung immer noch auf den Kinderstuhl gesetzt, mußte sich einmal neben uns, ein Kopf wie glattgehobelt sodann, ein Einberufener seine langen Engelslocken absäbeln, den Nacken ausrasieren lassen. Stufenförmig, auf halber Streichholzlänge, das sollten wir sagen, und bekamen daraufhin diese Stapfeln ins Haar gestutzt. Altersmucken. Engelslocken. Aus wieviel Distanzen besteht eine Entfernung, aus wieviel Konvoluten ein Wort.

Bogenschütze

Ich sehe dich im Garten, wo die aufgehängten Stoffwindeln wie ein Banner wehen, drei Bäume einen dichten Forrest darstellen und ein gestapelter Reifenturm ragt, auf dem die Wächter schlafen. Glaub mir, präziser wirst du keine Reichweite jemals abschätzen können als mit diesem Bogen in der Hand: ein Haselnußstecken, die Sehne aus Paketschnur gespannt. Und ruhiger wird eine Bestimmtheit nie werden als jetzt, da du aus dem Köcher einer alten Plakatrolle einen Schilfpfeil hervorziehst, der eine Holunderspitze hat und mittig einen leichten Knick. Und genauer wird kein Ziel je anvisierbar sein, und sei es nur das unmerkliche Pendeln des Wäscheklammerbeutels, der Bannkreis des Katzenlochs in einem Scheunentor, die Luftmasche um ein einzelnes Ahornblatt.

Münzsammlung

Münzen, die man in einen Brunnen warf, in eine Opferkasse. Jene im Wurf verhungerten, nachmittagelang gegen eine Hauswand hin beim Pfennigfuchsen verspielt. Und die aus Betrunkenengeldbeuteln gefallenen, nach denen man im Festgetretenen suchte, um das Gerippe des Festzeltes herum, und die uns so für immer zeigen, wie wir gleich nach Schulschluß, von weitem gesehen: wunderliche Ährenleser, gebückt die zertrampelte Fläche abgehen. Und diese hier, die von einer wichtigen Platzwahl herstammen müßte, die einmal hochgeschmissen wurde, um mit dem böigen Wind zu spielen oder gegen die tiefstehende Sonne.

Rennstrecke

Hinterm Klärwerk, zwischen Krautländern, Feldern, der asphaltierte Weg, der nach der Winterstrenge Risse aufweist, nachts zum Promillesträßchen wird. Jeder sein eigener Herausforderer. Es geht um nichts, nur ums Gewinnen: mit dem Rennrad, noch vom Kommunionsgeld gekauft, gegen ein frisiertes Mofa antreten. Ohne Zuschauer. Bis zur Gemarkungsgrenze. Ziellinie ist der Schattenstrich, den das Feldkreuz wirft. Das sich abhebt im Abendlob, auf der Flur unterm sinkenden Horizont, zu einer Statik gehörend.

Das Sammelsurium des Nestflüchters

Eine Stadionkarte vom letzten Jahr. Beim Tafeldienst geklaute Schulkreide. Ein zerbeulter Sheriffstern. Aufgelesene Sektkorken. Aufgebrauchte Tintenpatronen. Mitgenommene Zuckertütchen aus einem Cafe Venezia. Ein abgegriffenes Herzass. Das fehlende Puzzleteil. Ein paar Muscheln. Ein leeres Parfümfläschchen. Ein Bernstein, der einmal eine Harzträne war. Eine Bindfadenrolle. Zwei Zündelfeuerzeuge. Eine Briefmarke mit einem gestempelten Kranich darauf.

III

Im Herbstlicht

Eine Leiter erdend, überprüft der Rekonvaleszent die Halterungen an den Starenkästen. In ausgewaschenen Holzfässern, die zur Sonne hin trocknen, widerhallt ein Schimmer. Als ginge es um Ländereien, verhandeln am Straßeneck Kinder den Tauschwert zerfledderter Heftchen. Wie handkoloriert leuchtet das verbliebene Laub.

Oberflächenfund

Korn, das auf Mauern wächst, reife schneller und zeichne so den Gebäudegrundriß ins Feld. Erklärt der Hilfsausgräber, ein Luftbild in der Hand. Berechnet grob, über die Höhenzüge hinweg, mit der Tagesmarschleistung römischer Legionäre, die Entfernung zum nächsten Kastell, das nachgewiesen sei durch den Legionsstempel auf einem Ziegel. Das Mauerfundament, das er gerade freilegt, könnte ein einfaches Wirtschaftsgebäude sein oder der Eckturm einer Villa Rustica. In der Schachtel zu seinen Füßen: Halsränder, Amphorenhenkel, eine Lanzenspitze, kammstrichverzierte Keramik. Das maßlos Winzige ist eine Vergleichsgröße. Jede Scherbe als Scherbe vollkommen.

Theodor Schütz: Mittagsgebet bei der Ernte, 1861

(Staatsgalerie Stuttgart)

Der Kirchturm der nahen Ortschaft hält den Mittag im Lot. Ein paar Tage verbleiben bis zur Sichelhenke. Keine Schwalbe in Sicht, die tief fliegt. Die Barfußgehenden brauchen keinen Dorn zu fürchten. Heut wird sich nichts verfinstern, wird kein Gottesnerv aufblitzen am Himmel. Wird kein Schatten, der paar Körner wegen, die Krähen verscheuchen. Schiefe Zeiger, stützen Stangen die prasselndvollen Äste des Apfelbaumes, der seinerzeit am Vorabend eines Weltunterganges gepflanzt, jetzo in seinem Ornat fast die ganze Ferne verdeckt. Das bravste oder fleißigste der Geschwister darf vorbeten und streitet nachher wegen dem Brotanschnitt. Einzig das grübelnde Alter vergißt die Hände zu falten. Woher des Wegs, wohin des Wegs, stehen wir in der Museumskühle vor diesem Bild. Als wollten wir uns nach einer Richtung erkundigen, nach dem nächstgelegensten Jahrhundert, und warteten mit dem Ansprechen, bis die Familie fertig ist in ihrem Mittagsgebet. Zwischen Auferlegen und Hinwegnehmen glimmen ein paar Kornblumentupfer. Die Sanftmut ruht als Lämmchen neben dem Markstein. Ein hingestellter Sackkarren möchte benannt werden. Das Licht ist ein Exeget.

Stadtführung, Karzerstimme

Geröllhusten und ein gelblicher Zungenbelag. Das Stroh in den Ecken seit drei Tagen nicht ausgewechselt. Bei Brot und Wasser. Und von den Kommilitonen vergessen, die unter schattigen Korkeichen rasten werden oder neben einer Trockenmauer im Weinberg, wo Lerchen ihr Tedeum singen. Draußen geht ein Scherenschleifer durch die Münzgasse, derweil einer aus der Jurisprudenz die Geschichte erzählt von einem Totengräber, der sich an Frauenleichen verging. Das Fegefeuer auf der Deckenzeichnung, wenn es wenigstens wärmen würde. Alles Bedeutungssture braucht einen Sockel für seinen Habitus, darauf haben sich der Mystiker und der Sektierer in meinem Innern geeinigt. Sobald es dann nichts mehr zu sagen gibt, traut eine Maus sich hervor und nagt den einzigen Sonnenstrahl ab, der hereinfällt durch das vergitterte Fenster.

Antiquität

Durchgang, Durchreiche: in das Zimmer des Zimmers. Ein Ankleidespiegel, achtzehntes Jahrhundert. Auf und ab das Gehen vor ihm, ein flügellahmes Schreiten. Daß der Raum sich weitet, das Parkett zur knarrenden Ebene wird. Ohne Zofe, endlich allein, den Augenaufschlag einüben, die Marmorpose, den Filigrangestus. Die Tiefe des Ausschnitts führt zum Geheimfach in der Brust. Das aufgetragene Rouge, ein blutleeres Rot. Und hinter des Lächelns dünnster Stelle scheuert sich Erwartung an einer Angst. Still, bei zugezogenen Vorhängen, auf einer Seufzerbrücke, neben umgestürzten Siegessäulen, da gleich an die Tür geklopft wird.

Symposium

Ein Ahnenforschender behauptet, daß es von Pontius bis Pilatus nur ein Schritt ist und auch die Toten nachtragend sein können. Der mit der dunklen Krawatte, der meint, daß selbst das Schlechte immer miserabler werde, erwähnt ein altes Hausrezept: es drei Generationen lang einwirken lassen. Die schon lichte Künstlermähne in der Runde spricht wie immer nuschelnd, wichtig, nichtig, von der Genauigkeit des Ungesagten. Um einen solchen Tisch herum hat folglich jeder Kreis eine Winkelsumme. Vielleicht würde aber dem, der gerade heut nicht kommen konnte, alles milchglasklar erscheinen. Schenkungsurkundlich erwähnter Ort, gedankt sei der Staublunge des Kreisarchivars, murmelt der Kreisarchivar. Das Problem von seinem Gipfelpunkt aus gesehen, wäre man, laut der Bedächtigkeit am Rand, den Himmelshöhen etwas näher, wo die Luft zum Äther wird. Antworten, die keine Antwort wissen, eine zersiedelte Stirn, blickt der Weißweintrinker in sein halbvolles Glas.

Abgelaufene Ruhezeit

Was länger währt, als daß es dauert. Dieser Grabstein im Schubkarren. Zu schlicht für eine Gesetzestafel. Zu glatt, um Gebote darauf einzumeißeln. Was denn soll man tun mit ihm, seiner abgeräumten Schwere, die sich so leicht aus ihrem Schlagschatten stemmen ließ. Da niemand mehr da ist, der noch wüßte, daß man damit zur besseren Standfestigkeit auch ein Kellerregal unterlegen, daß man ihn als Treppenstufe vermauern, als Stalltürschwelle einpassen könnte. Und die Einfassung vielleicht andernorts verwendbar wäre als Umrandung für ein Gartenbeet. Wer noch ein Anwesen besitzt, bräuchte ihn auch einfach nur irgendwo zuhinterst zu lagern. Bis Generationsgezeiten später beim Ausräumen jemand seine Erdseite anhebt: gnädig abgeschliffen nun durch die Rückenpanzer der Asseln.

Aus der Friedhofsgeschichte

Drei Mädchennamen, von den Buben in die Kirchenbänke geritzt. Sie haben, so die Letzte, immer für die Ahne das Gräbergießen übernommen. Und daraufhin von diesem Ort geduldet, wo man weder Bestimmer noch Aufpasser brauchte, Stunden zugebracht, den streunenden Katzen Namen gegeben, Verstecken gespielt im Menschenleeren, und einfach unter der Linde gesessen. Mit der vergehenden Zeit glänzten mitunter im Sonnenlicht selbst die verstockten und grantigen Grabsteine herüber. Einmal jedoch waren sie fast zu Tode erschrocken, als plötzlich, inmitten einer Tageshelle, ihnen ein Landstreicher oder Hausierer gegenüberstand, der sich am Wasserhahnen wusch, sich das Friedhofswasser über seinen dunklen Haarschopf ins Genick laufen ließ und sie anschaute wie ein Wiederauferstandener. Und dann also: besagter Abend vor Allerheiligen, da die Grabstellen alle gerichtet waren, verwandelt durch Bukette, Kränze, Lichter. Außer hinter der Kapelle im alten Teil, so karg im Gegensatz und armselig dort, wo die Umfriedungen schon moosige Stellen aufwiesen und allein sie im Herbst das gefallene Laub von den Gräbern gelesen hatten. Gottgefällig in ihrem kindlichen Gerechtigkeitssinn, eine Belustigung für die Engel, wie sie deshalb an den übergeschmückten

Grabstellen um einen Obolus baten und herumwuselnd umverteilten, sich seligkeitseuphorisch den morgigen Tag vorstellten, während die wachhabende Stille wegschaute.

Randnotiz in Sütterlin

Die Nutzfläche des Gedankens, die Trutzburg des Gefühls. Willst du eine einfache Aufgabe oder lieber eine leichtere. Auch aller Anbeginn hat einen Anfang. Stell einen Notenständer ins Freie, schon sammeln sich darauf Schwalben. Sag statt Boden Erdreich, schon stehst du woanders.

Wasserfall

Um den Stammtisch wachsen die Stuhlbeine in den Boden. Das Warten macht aus allem ein Zeitfüllsel. Geben, hören, sagen: die Kartenrunde fehlt heut. Mein einziger Gast, im heruntergedimmten Schankraum, ist eine unbekannte Frau. Etwas überdimensional hat sie einen Krug vor sich stehen und schenkt daraus in ihr Weinglas ein. Als entspränge dem Krug ein Wasserfall, schenkt sie ein, ohne abzusetzen, ohne daß das Glas voll wird dabei, ohne daß es überlaufen würde. Hierauf erst bemerke ich den verstorbenen Freund an einem abseitigen Nebentisch. Wie lang schon schaut er durch diese gläserne Szene hindurch mich an. Lächelt, geht lächelnd hinaus, ist hinausgegangen, war eben noch da.

Zeichen

Der Fettfingerabdruck auf dem Halbjahreszeugnis. Die Stelle, die der platte Igel mit sich auf der Fahrbahn markiert. Jene unscheinbare Kontrollstrichkerbe auf der Eierlikörflasche deiner Tante. Der Punkt in der Tischmitte, wo der Autoschlüssel daliegt wie ein Wetteinsatz. Zwischen aufgeschlagnen Seiten, Anfangsbuchstabe eines fremden Alphabets, das Mal von einem zerdrückten Insekt. Eine verwischte, mit Kuli auf den Handrücken geschriebene Ankunftszeit. Die Nachtkalligraphie der verkohlten Stützpfeiler einer Brandruine.

Ein dunkler Kanister

Erschöpfung, fokussiert auf den schwarzen Hautfleck vor Augen, auf das Schmerztaube neben dem eingewachsenen Nagel, wo die alte Frau sich über Nacht an der Bettflasche den fühllosen Zeh verbrannt hat. Schaufensterkrankheit, welch sonderbarer Name für ein Leiden. Von Auslage zu Auslage die Tasche abstellen, sich den Heimweg einteilen. Das Pochen in den verengten Venen zählt die Schritte mit. Ein paar wenige schließlich sind es bis zum Brückenbogen, unter dem der Fluß hindurchmuß. Und erkennbar das Mädchen, die Schulschwänzerin, die eben vorher in der Apotheke so überleis nach einem Schwangerschaftstest fragte, hinunterstarrt: auf das Wasser, auf dem, an den Enten vorbei, dem Stauwehr entgegen, abgebrochene Äste treiben, ein verlorener Ball, der Schatten eines Weidenkorbs, ein dunkler Kanister.

Katzenstudie

Auch Hochhäuser haben mitunter ihre Katzen. Eingepfercht ins Grenzenlose dreier Zimmer. Luftreviere, ein paar Stockwerke über der Tiefenstruktur des Hinterhofes, wo mausklein ein Ball im Mauerschatten döst. Sitzt da eine, als säße sie: im offenen Fensterrahmen, auf dem Sockel einer Aufhellung, dem Sonnenlicht Modell.

Flüchtigkeit kritzelt

Eine Schildkappe. Ein Schildkrötenbuckel. Der Schmerbauch des Jachtbesitzers. Der Rundrücken eines Kindes, das dahockt und die Schulordnung abschreibt. Manövrierunfähig ein Hügel. Krummgezogene Diskretionslinien. Ein Ringelreihen als Umlaufbahn.

Des Museumsdieners Detailansicht

Die roten Backen, die verschmierten Mäuler. Als entstünde solch ein Idyll aus seinem Sehnen nach sich selbst heraus, nähme vorweggenommen, vorüber, gegen den Absolutismus des Zukünftigen, sein Fehlen als Vorlage. Vielleicht wird darum von den Geschwistern, die 1852, just auf der flüchtigen Skizze daneben, um den Nikolaus mild zu stimmen, Zeilen vorlasen aus einer Buchstabenprozession, eines später einmal mutterseelenalleinig zurückdenken müssen an jene mit Blaubeeren oder Holundermus gefüllte Schüssel. Bis dahin aber bleiben auf diesem Genrebild all ihre Spielsachen als Insignien verstreut auf dem Stubenboden liegen, trägt ihnen das Hündchen eine verzuttelte Puppe hinterher, hat der Zinnsoldat einer entlaufenen Ziege wegen seinen Posten verlassen, bilden die leeren Schneckenhäuser, die niemand zertrat, und die aufgesammelten Aststücke und Stöckchen, aus denen sich ein Verhau bauen ließe, eine lose Verteidigungslinie, die sich dahinzieht am unteren Rand.

Wirtshausszene, 1865

Die Arbeit ist getan. Die Arbeit kann warten. Deshalb laßt den Schläfer am Stammtischrand in Ruhe, zupft ihn nicht am Ärmel. Auch wenn da zwei schräge Wandervögel eintreten in die Wirtsstube, in diesen Dämmerschoppen, ohne anzuklopfen, und um Unterkunft ersuchen oder zu einer Thusnelda sich erkundigen. Ihrem Aussehen nach haben sie sich in der Historie verlaufen. Sollten es Tagediebe sein, werden sie morgen ein Kalenderblatt vorzeigen und ihren Jahrhundertanteil verlangen.

Flösserbursche

Die wackligen Stuhlbeine halten ihn aus. Die Tischkante verschwimmt schon. Lebenslinien, am feinsten nachgefahren mit Bleistiftstrichen. Von den Gulden, die er fürs Modellsitzen erhält, kann er vielleicht den Rest seiner Saufschulden begleichen. Beichte oder Bericht, damit er nichts sagen muß, nimmt er die ganze Zeit die Pfeife nicht aus dem Mund und schaut woandershin. Nimmt die Mütze nicht ab, weil er eh gleich geht. Wie alles davontreibt, Stämme auf dem Wasser. Wie eine Wand, lang genug angestarrt, durchsichtig wird.

IV

Mimik

Guck so, als sähest du den Graureiher, der mir auf der Schulter sitzt. Als sähest du in einer Juwelierauslage das ausgehackte Krähenauge eines dunkel eingefaßten Steins. Als sähest du auf eine Opulenz, die flüstert: wenn du das alles aufißt, bist du zahmgefüttert.

Photorealistisch

Man hat den Wetterfrosch in seinem Einmachglas verhungern lassen. Seitdem verharrt hinterm Haus die Tischtennisplatte im nieselnden Dauerregen. Der Griff des liegengelassenen Schlägers ragt über die Kante hinaus ins Ungefähre. Die Netzlinie deutet einen durchhängenden Längengrad an. Der verschlagene Schmetterball, ein weißer Ruhepunkt, schimmert drüben im Gras. Daß niemand ihn aufhebt, niemand mehr sucht nach ihm, verformt ihn zum Sujet einer Verlassenheit.

Urlaubsphotos

Pinienstelen, hügeliger Namenszug, der Eichstrich des Horizonts, angekläffte Steine, und der herrenlose Hund, der dir nachlief: das, was er von dir wußte, in Teile zerschnipfeln, die Teile in Teilchen, die ein Windstoß ordnen soll, bis dann die Nachsaison übergeht in die Vorsaison, ein flüchtiges Lächeln sich einpassen möchte in ein Medaillon, eine verwackelte Turmuhr immer dieselbe Stunde anzeigt, und von einem gähnenden Aushilfskellner, der sich nachher zu seinen Ungunsten verrechnen wird, in ihre Gegenständlichkeit hineingestellt, solch eine angeschlagene Espressotasse vor dir steht, Detail eines Details, ihr schwarzer Punkt, die Morgenmitte.

Automatenpassphoto

Gar nichts erwidern. Der Lippenstrich, parallel zur Horizontale der Stirnfalte. Meine Gedanken, sie schweifen durch den Traum eines schlafenden Wachhundes. Vielleicht sieht man mir an, daß ich vorher am Bahnsteig ein Kind ansah, das rosanes Eis geschlotzt hat. Garnichts ist nur das Zigfache von nichts. Als ich noch dichte Haare hatte, hab ich den Hennen für meinen Kopfschmuck eine Adlerfeder ausgerupft. Mich verjüngt kein Zahlendreher. Mich gibt es nicht. Ich bin bloß da. Und blicke in das Drachenauge dieses Tages.

Blende

Du mußt eben das richtige Lichtverhältnis abwarten, damit ein Krauthobel, in einer Kellerecke vergessen, wie ein spinnwebüberzogenes Zeitscharnier erscheint. Oder der abendliche Vorplatz, mit dem Schatten der Kastanie, der Kirchenmauer als Hintergrund, in seiner Leere plötzlich ein Gruppenbild ist mit lauter Abwesenden. Und der Junge, der gleich ums Rumgucken Hochwasserhosen tragen wird, allein gegen die kahle Hauswand dasteht, seit ewig und einem Augenblick, also immer schon, und mit einem seltsam verzierten Trichter oder Füllhorn in der Hand lächelt, tapfer, seine ganzen Schuljahre noch vor sich, für den einen Lernschritt hin zum Unbenotbaren.

Hobbyphotograph

Auf seinen Bildern, zu denen er anmerkt, es gehe ihm um das Wesentliche und im Wesentlichen um den Nennwert des Gesehenen, um die Aura des Augenblicks, macht vorm Haus der Sitzplatz auf der Mauer die Örtlichkeit zur Niederung. Erweist sich jeder Urlaubsfels als Stoiker. Lächelt ein Jubilar durch das Kellerloch seines Hochgefühls. Heckt eine dämmrige Baumgruppe etwas aus. Hängt an irgendeiner Garderobe ein Wolfspelz neben einem Zwangsjäckchen und einer Marsyashaut. Könnten die Hotelzimmer einer Dienstreise genausogut auch möblierte Lebendfallen sein. Hüten ein paar leere Stuhlreihen ein Lichtgeheimnis. Starrt der kranke Nachbar an allem vorbei auf den Eisberg in seinem Garten. Erteilen die Statuen im Schloßpark der Ferne eine Anweisung. Ist der Himmel ein blaues Klaffen über den Dächern.

Der Tauglichkeitsgrad unserer Traurigkeit

Klapptische sind aufgebaut, Tücher auf dem Boden ausgebreitet. Zwei Comicverkäufer, uneins ob Obelix, ob Superman, wer der Stärkere sei. Ihnen gegenüber, zwischen veralteten Sammelbildern, einem eingeschweißten Landkartenpuzzle und einer Ballpumpe, hockt ein Junge, Sequester seiner eigenen Kindheit, vor einem Fuhrpark aus Rennwägen und Feuerwehrautos. Seine Schwester daneben, die schon Bilderbücher entbehren kann, denen keine Seite fehlt, hat verschrokkene Plüschtiere ausgesetzt und läßt sich runterhandeln bei einer Sprechpuppe, die sich weigert noch etwas zu sagen. Wüßten wir rein nichts von Kinderflohmärkten, daß dies rundum doch nur Verkaufsstände sind, lägen all diese Dinge vor uns gleich einem Anschauungsmaterial. Könnte man sie in ihrer Anordnung einfach in einer Vitrine ausstellen. Sähen sie hinterher auf den Photos, die du gemacht hast, aus wie schwarzweiße heidnische Opfergaben.

V

Stillarbeit

Das Kerngehäuse einer Stunde. Fernher die Morsezeichen eines Spechtes. Nebenan ist das Kind am Einschlafen, dessen Süßigkeitenverstecke du kennst. Die Baumsilhouetten im Garten, eine dämmrige Abwehrreihe. Der unterstrichene Satz im aufgeschlagenen Buch, kaum länger als die Naht zwischen dir und deinem Schatten. Die heutige Blickausbeute: Maurerhände, die sich betrachten ließen wie eine Karstlandschaft. Stufen hinuntergehen, als seien es Stapfeln. Rar und karg: zwei Dochte. Im Lampenschein verläuft die Geschäftigkeit einer Ameisenstraße, Brechungswinkel von Fensterbrett und Tagesrand.

Nocturne

Schlaf offenbart auf Gesichtern etwas Entblößtes. Schlaflosigkeit höhlt das Zimmerdunkel aus. Mopedgeknatter, könnt sein ein Sancho Pansa, den verbeulten Helm am Lenker, oder einer, lahmarschig rasend unterwegs zum nächsten Zigarettenkasten. Gegenüber hat die Nachbarin das Hoflicht angelassen. Ihr Mann, nach seinem Luftröhrenschnitt, wecke sie bei Nachtdurst, indem er mit den Zähnen knirsche. Auf Baustellen gähnt das Ausgehobene die Gestirne an. In irgendeinem Briefkastentraum lag einmal eine abgeschnittene Hasenpfote. Die Serpentinen der eigenen Atemzüge, sie führen bis zur Decke hinauf.

Sperrstunde

Das Glutnest im Löscheimer. Zu Trinksprüchen umgeformte Epitaphe. Die Karpfenmäuler an der Theke tun bloß so, als ob sie mitreden könnten. Ein Uhr, der Tag zählt seine Silbe ab. Vom Absacker zum Frühschoppen wären es ein paar letzte Runden nur. Es ist noch zu spät, um jetzt schon heimzugehen.

Fliegenroulette

Das benommene Trippeln der Fliege unterm umgedrehten Aschenbecher, der gläsern sein mußte. Von Vorhangfalten weg waren sie am besten einzufangen. Mit der Zeit begriffen auch die vom Nebentisch Herüberschauenden das Spiel. Beschwörende Anlockversuche, leisgemurmelte Flüche. Bis daß, nach einer angehaltenen Minute, ein Lufthauch, eine Lichtempfindlichkeit ihr endlich den Fluchtweg wies. Hin zu einer der Zigarettenkerben, den möglichen Ausgangslöchern, auf die gesetzt die Münzsäulen standen. Die einer wie ich dann abräumte. Und damit heimging am Ende der Kneipennacht. Mit ausgebeultem Hosensack. Mit soviel an Gewonnenem, daß sich an einem ersten Arbeitstag wenigstens der Ausstand zahlen ließ.

Zusammenkunft

Woran zerbricht ein Brecheisen. Womit vertreibt die Zeit sich die Zeit. Vierzig, dies halbrunde Greisenalter, noch als Junggeselle gelten oder schon altledig sein. Im Wissenskostüm unserer Bildung, Mottenlöcher und Flicken, sitzen wir da. Vor uns das Ermessliche einer Tischfläche. Ein Kerzenflackern scheucht unsere Umrisse an die Wand. Verplempert, verjubelt, verpulvert, vertan: einen Kassenprüfer suchen wir noch, dem die Wortwahl obläge. Jemand wirft etwas fälschlicherweise Richtiges ein. Ein Anderer beginnt mit einem erfundenen Selbstzitat. Ein Seelentröster müßte getröstet werden. Was ich denn studiert habe, will mein Nebenmann, ein Neuling, wissen. Die Gesichter der Kinder am Zeugnistag, höre ich mich sagen.

Rollenanweisung

Mit einer umgebundenen Krawattenandeutung, die zurechtgeschnitten ist aus dem Sabberlatz deiner Kinder. Komm daher, angelockt von dir selbst. Du bist ein glücklicher Schmerzpatient, du spielst auf einer brennenden Bühne. Trittst vor mit der Felsspalte in deinem Lächeln, schweigst gegen den Uhrzeigersinn, sagst den bewohnbaren Satz über unsre Unbehaustheit. Und schaust dabei, als sähest du, über das Massiv dieser Gesichter hinweg, einem fernen Adler nach. Oder den Zweien in der vorletzten Reihe, die gleich hinausgehen, als würden sie hinausgehen bevor die unpassendste Stelle kommt, auf die um loszulachen alle warten.

Plakatmime

Jetzt, die Welt ist eingemeindet und die Hintergründe wetterleuchten. Ein Schriftzug nur trennt die Wortspreu vom Gesagten. Unbeirrt vermag ich darüber hinweg zu weisen, von jedem Laternenpfahl aus, kompetent in Richtung Ortsausgang. Und mit derselben Miene auf eine leere Einkaufspassage, auf einen Kostenfaktor, einen schlafenden Säugling, einen Flohzirkus. Der ich, mit meinem Gesicht, doch eigentlich genausogut auch hätte Musterungsarzt werden können oder sogar Heiratsvermittler. Und nun denn also, zuletzt mit meinem Weitblick, der schroff endet an der Betonerloschenheit der Hausfassade gegenüber, hier aushalten muß: eingezognen Bauches, unter seriösen Wolken, mit schwarz angemalten Zähnen und einem Fahnenmast als Rückgrat, auf den Zinnen der Prinzipien, an dieser windigen Kreuzung, bis Efeu an mir hochwächst, wohlan.

Die Klofrau zählt ihre Münzen

Brunzstrahlellipsen. Prostatageplätscher. Und Klosteine unter die Motorhaube gehängt: daß deren Geruch Marder abhalten würde. An den Pißbecken stehen noch ein letzter Wanderprediger, der sich selbst zuhört, und ein schwankender Mehlsack, der seine Strafrunde um den Häuserblock läuft. Männer halt, die aus ihrem Seelendickicht treten, ihre Stirnen an den kalten Kacheln kühlen, manchmal von der schrägen Seite meinen Wischmob anreden, und mit offenem Hosenladen kommen oder mit offenem Hosenladen gehen. Das ist kein Urteil. Urteile sollte man, wenn überhaupt, nur aussprechen mit einer Praline im Mund. Eine Packung davon muß mir reichen über den ganzen Tag. Was danach abends bleibt, Geberlaune eines Habenichtses, Majestätsbeleidigung für jeden Bettler, klaube ich aus dem Teller hier zusammen, stapele ich vor mich hin zu kleinen Säulen, zu wackeligen Türmen.

Geflecht

Beim Metzger sich den Anschnittabfall als Katzenwurst geben lassen. Ein Preisrätsel lösen, bei dem man einen Ballonflug gewinnen kann. Marmorkuchen einbrocken in den Nachmittagskaffee. Und ohne einen Abendkurs entgegnen: Da er abstürzen kann in sich, wird es auch einen Abgrund geben in ihm.

Jahrgang

Wo das alte Schulhaus stand. Lehrer, die nach dem Krieg weiterhin in Reitstiefeln unterrichteten. Winters die Unterschiedsgrade zwischen eisig und bitterkalt. Mit Holzscheiten im Ranzen, entlang der zugefrorenen Kandel, vom Oberdorf herunterrutschend. Die heißen Kartoffeln in der Manteltasche, nachher mitsamt der Schale als Pausenvesper verzehrt. Vorne sitzt einer, der viel zu feine Hände hat für eine Metzgerlehre. Neben ihm der, auf dessen Fellmütze man neidisch war. Und ganz außen jener, der fiebrig hinüberblickt zum Schönheitsantlitz, das nicht alt genug werden wird, um zurückzulächeln. Ein Aufgerufener sagt gleich mit seinem schwäbischen Krummschnabel Heimatverse auf, immer scheint darin der Mond als gelber Routinier. Im Fenster zeichnen sich die knochigen Äste der Linde ab. Die Rechenfinger unter der Bank, sieben Nüsse, acht Kieselsteine, nichts oder nix: was zählt mehr.

Odyssee

Wochenlang, entsinnt sie sich am Vorabend ihrer goldenen Hochzeit, sei sie durchs Haus gegeistert, habe jede Ritze, jeden Spalt, jedes Eck abgesucht, jedes Möbelstück zehnmal verschoben, zum heiligen Antonius gebetet, den heiligen Antonius verflucht, habe selbst in einem Elsternnest nachgesehen, sei heulend, ob des schlechten Omens, vor heruntergebrannten Kerzen gehockt und noch magerer geworden, als sie es nach der zweiten Schwangerschaft ohnehin schon war: ihr Ehering blieb verschwunden. Dann, nach einem Jahr, ein windiger Oktobernachmittag, auf dem Feld beim Kartoffelauflesen, hält sie ihn urplötzlich mit einem Erdbollen zusammen in der Hand, kann es nicht glauben, reibt ihn ab, der Himmel reißt auf, sie wird von einem Weinkrampf geschüttelt, und begreift, als hätte er sie gefunden, seine Odyssee: daß er sich beim Futtern vom Finger gelöst hatte, in die Krippe gefallen war, von dort durch sieben Mägen gewandert, unverdaut ausgeschieden wurde und mit dem Kuhmist aufs Feld ausgebracht, wo ihn die Erde verschluckte, bis sie diese dann abrieb, von ihm, nach einem Jahr, an einem windigen Oktobernachmittag.

Gabelung

Der Landschaftsbehauptung, daß alles sich verschandeln läßt, bis es wie schön aussieht, nicht widersprechen. Lieber aufschauen zu diesem schmalen Himmel, von einem darbenden Schlachtenmaler einst gemalt zwischen zwei Kriegen, Pfeifenraucher werden, oder ab morgen womöglich doch noch anfangen mit dem Orgelspiel. Und dabei einfach fürderhin sitzen bleiben, eine Art Amtsausübung, als Frührentner, Krankgeschriebener, auf dieser Ruhebank. Damit ein Angestammter hier ist, der den Wandergruppen weiterhilft: das da wär der kürzeste Weg, das da der schnellste.

Die Särge

Solch frühe Winter, wenn mein Vater keine großen Aufträge mehr bekam, erinnert im Krankenhaus zittrig die Bettnachbarin, lediggebliebene Tochter des letzten Schreiners am Ort, als müsse sie es sich selbst noch einmal erzählen. Wenn er, sagt sie gegen die weiße Decke hin, das Abfallholz, um daraus meinen Brüdern ein paar Holzschwerter zu machen, schon verfeuert hatte. Und nach seinem Mittagsschlaf das Licht bereits eh zu schwach war zum Weiterarbeiten. Dann verblieb bis zum Vesperläuten die restwarme Werkstatt für uns. Und darüber, auf dem Dachboden bei den trockenen Brettern, lagerten sie also, auf Vorrat angefertigt: wie seltsame Kähne, unsere kleine Flotte. Manchmal schliefen eingerollt die Katzen darin. Beim Verschlupfen, das allerschönste Gefundenwerden, wenn der Deckel sich langsam hob. Wie oft saßen wir auf ihnen herum und heckten etwas aus. Erst als die Dämmerung entwich und in Kellerlöchern versickerte, wurde nach uns gerufen.

Abgewandt

(nach Caspar David Friedrich)

Wolkenverhangen die Jahre, im Einvernehmen mit dem erreichten Alter, in dem man anfängt Schenkungen zu machen oder für unzurechnungsfähig erklärt wird. Weil man einer geworden ist, der abgewandt an Fenstern steht, mit dem Rücken zur Welt auf die Gipfel starrt, die aus einem Nebelmeer ragen, oder hinunterblickt in einen verstummten Klinikpark. Einer geworden ist, der in die Ferne schaut, wo auf einer Anhöhe der Winter einen vereinzelten Baum zum Zaren erhebt. Geworden ist einer, der wahrnimmt, wie die Dämmerung an Umrissen herummoduliert. Und der Silhouette eines Mädchens nachsieht, das in Ballettschuhen einen Steinbruch durchquert, unterdes die Adjutanten des Fortschritts von ihrer Mittagspause zurückeilen, ein gestrandeter Götterbote, als Obdachloser getarnt, an der Straßenecke verschnauft.

Empfinden

Wenn du dich gemächlich in die Hocke begibst, um auf Augenhöhe zu sein, um den abgekauten Schnuller, der nicht mehr zum Einschlafen gebraucht wird, an den Schweif einer Silvesterrakete zu binden, und dich daraufhin wieder aufrichtest, erkennst du dich, wie auf einmal, wie nach einem Sekundenschlaf, der dreizehn Jahre dauerte, wie nach dem Ruck, mit dem man ein Wundpflaster abreißt, als lauschenden Vater an der Tür eines abgeschlossenen Jugendzimmers, dahinter, Wahrheit oder Pflicht: den dritten Apfelkorn trinken oder einen entweihten Mund küssen, eine Spinne töten oder einen Mädchennamen sagen, sich ein Flaschenkompaß dreht und dreht.

Deines Namens Echoleere

Am Krückstock des Benennens, Nordwanddunkel eines Erinnerungsmassivs, jedesmal haltloser, fallender, mit dem Aufzug zur obersten Ebene hinab: mitten hinein in die Erloschenheit. Dort, in deren Aufenthaltsraum, sich in einen der eingenäßten Sessel setzen. Und nichts tun bei dieser Audienz als eine schrundige Hand zu halten, die sich anfühlt wie Rinde. Und so zusammen allein den zitronengelben Vogel betrachten. Wie er das Zentrum seines kleinen Käfigs findet. Indem wir ihm lauschen, seiner Hymne. Bis die Stunde vergeht. Bis die Zeit versiegt. Bis sein Trillern flackert. Bis er nur noch ein singendes Flämmchen ist.

VI

In meinem Horoskop las ich heute

Von Pyrrhusniederlagen. Vom Laufband der alltäglichen Wege. Vom einfachsten Zauberspruch, dem frömmsten aller Wünsche: daß es sein soll, wie es ist. Von Zinseszinsen, Zeiteszeit. Daß mein Selbstzweifel mir das Du anbietet. Ich aufpassen muß, nicht unter eine Gewinnausschüttung zu geraten. Daß auch ungemachte Erfahrungen Erfahrungen sind. Sich auch von ihnen zehren ließe.

Schwebe

Seinsmüde Schwere, die sich hinlegen möchte auf ein Bärenfell, die Arme hängen an dir herunter, geknickte Flügel, ein jeder Laternenpfahl rempelt dich an: in diesem Morgenpräludium, verzerrt vom Altglascontainer herüber, ein atonales Geklimper im Halbschlaf, zerdepperte Flaschenakkorde, Braunglas, Grünglas, eine jede einzeln, Pathos des Unpathetischen, bis eine Streichergruppe einsetzen müßte, Kirchenglocken, Nebelgebell, ein Regensopran.

Rollator

Vertikale Zeit. Die Zimmerluft wie durch ein Schilfrohr einatmen. Der herangerückte Stuhl mit dem Faltengebirge des Morgenmantels. Ein Lazarus, der liegenbleibt, sich wegdreht und zum Fenster starrt. Wo der Quittenbaum leuchtete, Regentage ihr lappiges Grau aufhingen, Nachmittagsstille den Schneefall vertonte. Vorige Woche unversehens sich verkältet: nur weil er im nächtlichen Traum, zwischen Tropfsteinen und Knochengerüsten, zu lange herumstand unterm zugigen Einstiegsloch der Bärenhöhle. Das Gehwägelchen wartet schattenbrav in der Ecke. Ist es heut gewesen, war es gestern, daß eins der Enkelkinder eintrat und dabei einen Blumenstrauß vor sich hertrug wie eine Fackel.

Erkennungszeichen

Ein paar Katzenhaare am Pullover und in der linken Hand die Rose einer Spanne, die es da brauchte, braucht: bis aus einem alten Kindheitsgockeler ein Kampfhahn wird, Straßenleere den Flaneur zum Herumtreiber macht, zwischen Zeilen aufgehobener Liebesbriefe Disteln wachsen, und jedweder Ausgangspunkt so winzigklein wär wie ein Uhrenschräubchen, das unter einen Küchentisch gefallen ist, damit dann du es sein wirst, der sich bückt und danach sucht.

Dreitagebart

Ich, an meiner Stelle, wüßte auch nicht weiter. Denkerstirn gegen Bierbauch. Oder daß einem vielleicht ein Männergeweih wachsen könnte. Meinem Leumund zumindest müßte ich bekannt sein, seitdem er mich kennt. Ein Gesicht also, als würd man nach sich selber fahnden. In den Augen eines jeden Schalterbeamten sehe ich mich so. Das Erreichbare, das Erfüllbare: Weite oder Tiefe. Und schau, dies mein stupfliges Lächeln gab es doch schon, als man noch keine Beziehungen einging, sondern Liebschaften hatte. Als die Mädchen noch barfuß und mit wehenden Röcken rannten über ein abgeerntetes Stoppelfeld.

Gestalt

Unterm fahlen Rasseln der Lichterketten. Gefälle einer Kohlenrutsche. Fünfter Advent, apathische Sterne. Mit weißen Rußflocken fällt Schnee. Die Wohnungstüren verrammelt durch umgestürzte Gabentische. Erscheint so einer. Auf seinem Fleckchen Niemandsland. Vorm Zerrspiegel des Schaufensters. Der verlorene Hirte eines Krippenspiels. Ein ins Dämmrige Vermummter, aufgetaucht aus einem ungedeuteten Traum. Einer, der sich selbst entgegenwankt, im Glühweinrausch einen Höhlenausgang suchend, und nun sieht: wie er sich sieht.

Aufzählung

Im Allgemeinen täten ihn aufgestuhlte Festsäle interessieren, überalterte Mannschaften, Saumseligkeiten, Langzeitstudien von Augenblicken, Heiligenscheine und Essigschwämme, Hackordnungen im Vergleich zu Kondolenzlisten, die Funktionswerte des Glücks, biographische Umwege, Flechtwerke aus Namenslinien und Jahren, alle Wackelgerüste, die in sich zusammenfallen, und alle Wackelgerüste, die nicht in sich zusammenfallen.

Sandkastenrepublik

Ein fünfjähriges Chefgehabe. Eine Sandburg mit zwei Gegenkönigen. Die Kuchenbackerin am Rand, die dem Maurerdreckler zulächelt. Einer, mit einem Stöckchen durch das Panorama einen Grenzstrich ziehend. Ein anderer mit Rotzglocke, der sich, von Müttern eingekastelt, ein Fluchtloch aushebt. Zwerg, Winzling und Gnom, unvermittelt im Disput darüber, wer von ihnen Dreien der Größte sei. Ein konfiszierter Eimer. Ein horrender Kipplaster. Gehortete Steinchen. Der Streit um eine aberkannte Sonnenmütze. Und dieser Eigenbrötler inmitten seinerselbst, der Hoheitsgebiete untergräbt mit einem Schäufelchen.

Gemütsschwankungen

Diesen Kampfhund anknurren. Einen Bullenbeißer streicheln. Die nächsten zwanzig Jahre verplanen. Den unrasierten Kaktus im Spiegel betrachten. Das Meistwenigste wollen. Einen Fischchor dirigieren. Mit einem obdachlosen Schloßgespenst zusammenhausen. Auf der Kindertröte ein Marschlied spielen. Sich aus dem Tierheim eine dreifarbige Katze holen. Eine abgewirtschaftete Kneipe pachten einfach so. Blind sein, um die Farben zu belauschen. Ein Baum sein, der dem Nebel assistiert.

Stehblues

Klangwellen, auf denen ein Floß treibt mit Schiffbrüchigen. Das Klammeräffchen der Umarmungen. Die Flügelspannweite zweier Blicke. Ein Sektglas nur noch hin zum Leichtsinn. Der Brunnenrand, das Prinzenquaken. Obgleich nach dem ersten Kuß jeder Mund aussähe dann: wie ein aufgebrochenes Siegel. So nah wie möglich, so möglichkeitsnah. Einen Marienkäfer auf der Wange. Eine Schneeflocke auf der Stirn.

Aus dem Fundus der Ausreden

Weil über meinem Schlafzimmer jemand die ganze Nacht Holz gespalten hat. Weil man sich schlecht selbst verseckeln kann. Weil ich mich irgendwann deswegen selbst hofieren müßte. Weil ich morgen die Maulwurfshügel noch abtragen sollte, den aufgeworfenen Boden, den als gute Blumenerde die Mutter immer nahm. Weil es mich vielleicht weitergebracht hätte, aber nicht voran. Weil ich keinen Halsschal habe, der zu einem schwarzen Anzug paßt. Weil Aufgespartes mehr wert ist als Angespartes. Weil mir entfallen ist, was ich vergaß.

Erbauungsschrift

Wachsein vor dem Aufwachen. In der Traumsänfte des Bettes. Vom Tonband des Gartens her: das Sphärische von Vogelstimmen. Ein Jubilate aus Licht und Frühe. Als sei die Freischicht auf einen Montag gefallen. Oder auf einen abgeschafften Feiertag. Der arme Wecker nur, was hat ihn so rasselnd gegen all dies aufgehetzt. Jeder Sonnenaufgang ist eine Uraufführung.

Außendienst

Abgeholzte Rastplatzschneise, mit Schutt aufgefüllte Dolinen. Ein Ort, der nach einem Geisterfahrer benannt sein müßte. Wie weit man wohl käme, zu Fuß, stur geradeaus, einen Schaltknüppel als Gehstock. Vorbei an diesem kugeligen Eichhörnchen, das auf dem Abfallkorb sitzen bleibt, im Blickfeld von ihm, der zwischen zwei ungeschickt gelegten Terminen wartet, bis eine Schmerztablette wirkt. Und dabei eingenickt ist, sich für eine Minute geschloßnen Augs in einer Dunkelkammer aufhält. Die Hügel hinter dem Grünstreifen, von hier aus wirken sie ganz kahlgeschoren. Aussteigen sollte man und den Autoschlüssel hochwerfen in die kalte Luft: um weg zu sein, bevor er auf die Erde fällt.

Der Sonntagsfahrer nimmt einen Anhalter mit

Auf der eingerissenen Straßenkarte entspricht jedes angesteuerte Ziel einem Reiskorn. Sein schuckliges Gefährt wüßte den Weg auch von allein. Das Bremslicht beschwört die Autoschlange hinter uns. Ein Gehstock liegt quer auf dem Rücksitz. Seitenblicke, Kopfschütteln, wenn er überholt wird wie ein Eselskarren. Herausgewunken könnte er einen Lappen vorweisen mit speckiger Jahreszahl. Sein Geduldsfaden wär das dickste Abschleppseil. Im Fahrtwind der Überholenden läßt er sich treiben.

Nach dem Eisregen

Ausharren, im am Straßenrand abgestellten Auto, bis der Streuwagen kommt, sein rotierendes Gelblicht von fern, währenddessen im Wunschkonzert: die Morgenstimmung einer Suite dich längst hinführt zu einer Waldeslichtung, Stangenbohnen emporgewachsen sind an einem Wanderstab, selbst Hände, die Geldscheine bündelten, ein Wundmal berühren dürfen, eine Romanze sich anbahnt zwischen Cellistin und Pianist, durch eine leere Aussegnungshalle ein Schmetterling flöge.

Schlamperladen

Unerledigtes, zum Schutzwall aufgestapelt. Nach dem Debakel, vor dem Desaster. Die Ordner sind das allersicherste Versteck. Nichts durchnumeriert. Die Fehltage fehlen. Lauter Sicherungskopien von weißen Seiten. Ein derart gutes Namensgedächtnis, daß es sich keine Zahlen merken kann. Ausnahmen, zu denen es keine Regel gibt. Ein krankgeschriebner Krankenkontrolleur. Der Weltatlas als Blumenpresse in Gebrauch. Und dann noch: Augenblick an Immerdar. Aber nirgends Luftbuchungsbelege.

Unterkunft

Solch ein Familienbild vielleicht, Kindergartenzeichnung, auf dem ein Junge sich deutlich wird: im Gartengrün, auf einer Bodenhilfslinie, als eine Art Mittelachse zwischen seinen beiden Eltern. Irgend etwas wie eine Siegerurkunde, auf die hin man einstmals ein Seifenkistenlenkrad suchte, dabei den Resturlaub verbrauchend umhergegangen war in einer Szenerie, wo Greifmäuler der Schrottpresse zuarbeiteten, Rosinanten standen mit eingedellter Fahrertür. Selbst noch das, aus einer der alten Tageszeitungen vom Stapel zum Feueranmachen, ausgeschnittene Photo einer Perserkatze, ausgeführt an einer Leine, deren Straffgezogenheit sich in den Park einritzt, würde reichen. Oder auch nur der Ansichtsknick einer Piazza, ein Freskenhimmel, der unleserlich gewordene Postkartengruß einer nie gemachten Reise. Irgendwas halt, das sich mit einem Reißnagel aufhängen ließe. Und so die Zwistigkeit schlichten könnte zwischen dem Verputz und seinen Rissen dieser wie auf Hohlräume abgeklopften Zimmerwand, die zurückstarrt, wegglotzt, kahl und stur.

Ode

Die runden Geburtstage, die Wogen des Alterns. Der Arbeitsjahre biographisches Auffüllmaterial. Schneegefärbte Haare. Birken, hinter denen sich Mädchen versteckten. Und all die festen Prinzipien, um auf ihnen herumzureiten wie auf einem Schaukelpferd, das man sich gewünscht hatte vor einem halben Jahrhundert. Das erste Schlagzeug aus Waschpulvertrommeln und Blecheimern. Das Lieblingsplätzchen als selbstgewählter Verbannungsort. Ein Tag ist heut. Selbst Gebrauchtwagenhändler und Autolackierer überkommt es, daß sie als Zehnjährige dereinst Rennfahrer werden wollten. In der Mitte: ein Strauß roter Rosen, zum nachzählen, ob auch keine fehlt, bis sie ineinander verschwimmen, zerfließen zu einem Wundaquarell. Das eingepackte Herztonikum, es auspacken. Und durch die Stille eines Eichenwäldchens gehen, in dem seit siebzig Jahren Pfähle heranwachsen für eine Lagunenstadt.

Hingetuscht

Aufziehende Gewitterwolken über einem Freiluftkonzert. Die einjährigen Rappen auf der entlegenen Sommerweide. Der dunkle Katzenteller neben dem leeren Hundenapf. Nächtliche Strandkörbe mit dem Anschein von Behausungen. Die Graugarde aufgereihter Mülltonnen vor einem Betonklotz.

Inhaltsverzeichnis

III

IV

V

VI

Nachweis: Die Texte auf Seite 56–58 beziehen sich auf Bilder des Horber Genremalers Caspar Kaltenmoser (1806–1867).

Autor und Verlag danken dem Förderverein „Schwäbischer Dialekt“ für seine freundliche Unterstützung.

ISBN 978-3-940086-31-0

Umschlaggestaltung: Christiane Hemmerich Konzeption und Gestaltung, Tübingen.
Herstellung, Gestaltung und Satz: niemeyers satz, Tübingen.
Druck und Bindung: Pustet, Regensburg.

Mehr über das Verlagsprogramm von Klöpfer & Meyer finden Sie unter *www.kloepfer-meyer.de*